EXIT

歌集

川﨑あんな

砂子屋書房

＊目次

八月

九月

二月

九月

装本　倉本　修

歌集　EXIT

八月

ばれえれっすん

ひとつて凄く重いでせう。八月のふろおりん
ぐにするお辞儀なり

そんなの

ひぐらしの鳴きつるなへに日はくれぬと思ふは山のかげにぞありける
（読人しらず）　古今和歌集

あしひきの山の影ひく此處をありて　とほく
啼くなるひぐらしの聲

われ在らぬそのあひだぢゅぅ低くひくく雷《かん》鳴《な》
りのなりしといふは

そんなの　聞こえずてわれ耳近きするみづお
とに消されてしまひ

八月を鳴るかんなりのそのさなか浴室に髪を
漱ぎてありし

早めに歸つてきてよかつた今頃は濃霧とあめ
のうつくしがはら

よるの裡に見にしいめのやうやはらかい枕は
寧ろ外したはうが

あきつゆしもの浴室の

ささやかなるあきつゆしもの浴室のシャワー
の位置は少し高めに

ほらほらかたはらをさくみやまはぎの　バス
タブそれの縁をへだてて

晩夏

頻々に懸かる電話の　あゝ復たともひて投げ
遣りにしづむこころは

思ひ餘つていもうとに云ひはなてるは〝ほかなるたれが〞

つゆしものあきのあねよりつゆしものあきの
いもとへする返信は

ようやつと終へにし通話そののちをなほつな
がれる少しの間ある

＊

3㌢超えにしてレターパック無口にひらくに
ほんいうびん

少しだけ切りひらきたるセロファンのなかゆ
出でこし銀のクリップ

しっかりとセロテープにてとめつける前にあ
んな仕打ちされたから

ラフランス賜る

函のなか敷き詰められし發砲緩衝材の奇麗な
白にうつとりとする

發砲緩衝材詰め込みながら　あゝ到底この嚢
にはひりきれない

ゆり其の一　すつかりと忘れてしまひ

一先づは桶のなかにはふりこんで置くゆりの
はななるは幾輪の

すつかりと忘れてしまひゆりのはなの末だし
も桶にあるは

九月

Silaneは咲きて亂るると

〃おはなを〃といひさして一對のもののおはなの階段のうへ

はからひて後をひらける今にてはつぼみなる
白菊の微温に

見つゝありてシランは咲きて亂るるとはかの
かたへをあると知りぬる

〈しっかりと蛇口は締めてください〉の立て
札は在りカランのかたへ

驢馬のやう

Ｂ１にゆくとおもひしが屋上にあがりはじめ
て戸惑ふカート

沢いて身の置き處ないカートなる。　えれべえたあのなかをストアの

驢馬のやう凡そなぬかの重量をその背に積みて搬ぶカートは

Nの馬不圖もおもひき搔き抱く馬の首なる息衝きゐたる

かなしかる馬の首《かうべ》をかきいだきいまをはげしく泣きしづみをる

ピンクマスク

云ふところのしてもしなくても同じなる下校
する子らのピンクマスクは

ピンクなる大マスクして動けるが此處より見
えきアニマルクリニクのなか

一〇月

秋をやるはるの記憶の

もはや秋なのに春のやうともひながら灰いろ
のクレーンの後ろ

あっ、黄蝶！　羽ばたきながら機長するデモ
飛行なり翼《はね》ひるがへる

くびを竦める

オートシザー光らせながら庭師《うゑきや》はする剪定の
あきのゆふぐれ

停止機能はどこにあるの進軍のオートシザー
のストップボタン

二月

もうながく

数珠《ろざりお》のやうにつながるかなしみの鋏もつてき
ていまほどくから

ぬばたまのいろするちさきロザリオをしまふ
もうながく置き去りの

vanessa

襟《えりあし》にひとの氣配がvanessaと縫はれてあればブ
ランドタグに

おろしたてのものの著衣《ちゃくえ》のさひづらふあやめ
いろなる然うvanessaの

なづき其れのなかをのみいまありにつゝ醸さ
れてをりあきのあやめの

つゆしものあきの著衣《コオト》のこけとりい手放した
くはなかりし此の日

見せ消ちのやう侵入者情報のありといふけさ
はあのセコムから

ひとを犯すもののあればあやめるしかないで
せう。あきのあやめも

いま此處をゐぬ

しくらめん抱へるひとはいま此處をゐぬ部屋
のなか一一月の

○《ゑん》さんが連れて來たんなら全然大丈夫よと言
ひ艶然とわらふ

しくらめん吾が手に持てばそんなにには佳きと
おもはざるこのはなの

ゆびさきの視力あやふく淡紅か或はしろか悉
るはがたかる

すこしは日に當たつたはうがとすつと前に押
し出だすしくらめん

みぎりからいま射す西陽。ひだりからいまさす西陽。向きを變へて

ぐらつと　立ち眩みするシクラメンペルシカムなる不意の光線に

コンセント　秋の

みぎにする又はひだりにする秋のコンセント
なり火ともし頃を

點けられていまをはたらくあかりなる暮れ方
はあはく淡くてらして

やゝ通電のリズムみだるるは二本あるケーブ
ルの裡のどちらかの所爲

かしこにはまたゝくもののひかり在り匿名acc.
電源からの

アイコン

かなたへと出撃をする✈✈✈✈《ひかうき》　✈の吸はれて
ゆくは夕空のなか

ないがしろなるひとりびとりのかなしみの空
爆をする白い飛行機

ベーカリー

界隈をゆきてかの日のゆふぐれを渉り終へれば在るベーカリー

況いて

千年の後なるもさきなる二千年も同じきにけ
ふ在る一日

けふ爲ししことといへばあさは目醒めしこと
のみにありけるをわれ

きのふなる時間それとおもむきを異にするけ
ふの時間といふは

沉いて朝朝をたがへるはそらあひのことぐら
ゐ　しかなきに表向き

息をするなんてこと忘れさうこのまま放《はふ》つて
おいたら　からだ

おもひいだすやうに吸ひをる酸素なるあゝし
もつきの不味いO_2

脈絡の有るは無かるとおなじきともひながら
居るもわけなしの

ゆり其の二　もう少しおくれたら

倒れてたといふゆりの堪へきれずにアスフォデルス・アルブス*の

*ユリ科のはな

二日がほど經ちて氣付くをもう少しおくれた
らしぬところ　ゆり

〃間に合つてよかつた〃云ひながら急ぎ引き
起こすなりフロアのゆりは

すつかりとひらききるまであたしたちみとど
けませう（さうねさうね）

咲くか咲かないかいづれにせよはやく決めて
辯證法を頒《し》らないゆりの

つねゆりを撰びこしなりあのときもかのとき
も復た野川をこえて

二月

いつの時

いつの時なにをか退けし急にひろくなりしや
うなる此の部屋のなか

たしかあの舊い畫像はしらつゆのMacBookの奥
ふかき消ぬ

ながく措きつぱなしなるPCの遺骸を射せるふ
ゆの光線

くれんざあ

知らぬ間に更地になりしかの家のミノタウロスの末裔は棲む
通りがかれるときはおもひき青々と葛からまる家なるとつね

緑内障と記かれてありしM氏《ミノハラ》のかるてをもひ
てなげくものかは

いうつくしき家は失せにき然り乍らいまも映
れるアイリスのなか

垂線

〃けふはいいお天氣ですね〃〃然うですね〃と
應へて吾れはわれをうしなふ

元よりなだらかなるものの一二月と一月のその境目をひく線の水仙

立ち止まつて吾れは見をるに水仙の奥あるものの一基みさいる

薔薇いろをする書物のために

さよなかを抱きしむるもの飼ひ犬《ょあひむ》の淡く廉かる化纖の毛竝み

思考する化纖頭なるよあひむのふはふはなづ
きなればしこたま

いましがた送られてこし包みなる薔薇いろを
するものの何かは

ゆり其の三　五つ目の

五つ目のゆりが咲いて元々はちさきつぼみの
ゆりは咲きいで

一月

先づは

先づは退けるシリカゲルなる。うさぎもち込められてあるパックのなかふたつみつ、よっついつつと小袋のなかゆ取り出だしけるうさぎもちの斯く書かれありしふくろのおもてなるお得用パックと、くはへて越後産とあるもやゝ小さなる文字に書かれありてそれは杵つき仕立なるといふ

何となくこころ惹かれて手に取りしうさぎも
ちなるSストアにて

購はむとするものの簡單なリストのなかにそれはなかつた

〈うさぎもち〉二つほど食《たう》べをへにしを直ちに消しぬ夕のてれゔぃは

記かれある少しのことの

かーぼんのいろめきてける兵馬俑措かれあり
しははがきのなか

馬を引くむかし〈俑〉なりしそのなかを軍馬
ひくものの騎兵俑あり

〝あしたにしたら〟聲してわれのそれも然う
ともひてあしたにもちこすのも

私有地

あさまだきいはじむるもののつねhereをあり
てすなはちことのはじめ

さきくさの三種作物ぽりえちれん嚢に込めて
けふの収穫

はつかなる〈ずれ〉を感じて作物はその場に
棄てき。解きはなたれき。

黑のリモコンと　市場のいちご

７００キロを經てこしといふ釣り人のをるは沼なる蓮咲きにける

あはくひろく霧は這ひをる沼のおもていゆくは一艘の釣り舟の

あきらけくYAMAHAと書かれあるは釣り船それの脇腹あたり

巨きなるおさかなを釣るいめをみていまある人の舟はまぼろし

あすは魚釣りせむともふはけふのことときのふにてはあさつての

放たれて45センチに至らぬおさかなは沼の底へ底へとあでゆうー

疲れ果ててねむるをんなの釣り人の假設ベッドのなかのすいみん

はやく此處を離るのがいいと耳打ちはするリモコンのブラックボタン

映像の沼よりはぐれ　あゝけふは日曜日なる
と思ひいだしぬる

向き向きに九粒の冬苺措くとうめいのぷらす
ちっくのとれー

フユイチゴ九粒かある記憶そのなかを殘れる
はあと二三粒の

餓ゑるほかは

それはもうあはいいろあひがいいでせうね同じばらいろにしても

ゞぁんろぜは素直にあけてその後をうち展け
るは何なるかなや

此處を居て午后の陽は床にあたりたり室あか
るくてそのうへなにを

波斯《ぺるしあ》のライムグリーンのプリウスボディー

おもひでは蘇へりつゝ脱出するプリウスのな
かほどのところより　谷の

もふよりもちからはあらむ森の奥をつらぬく
やうに奔るシリウス

なにも無きやうものなべて灰いろにするスピ
ードのなかをありしは

身輕になりしといふ*リウスの言ひ分の洗車
終へましたもの

*

さよなかはふりゐたるゆきとおもひにき　あ
けがたをゆきにふりそそぐあめ

降りつもるゆきに拒まれて車輪はし前にゆか
ざるおもひつゝあり

ミシュランのスノオタイヤにほどかれてある
は二頒かれする車輪の痕

ホワイトホース高くかかげて手渡しぬ除雪車
易く操るひとへ

何かおもひき

張りつめてぴんとはりつめてあるひとの琴線
は斷つ鋏のおと爲

響りにつゝひるでがるとの音源の缺如のある
は何かおもひき

さよなかを過ぎて鳴りをるすゞのねのあなか
すかなるよるをつなげる

病室

喪のいろのおはなのいろは除けませう。はな
のゆりとかはなのらんとか

何時のことともふに大方は先のことなりしと
鴨は泛きをる瀬の際

上等の漿《しやう》果《くわ》は香ふこの部屋を統べるひととなる
一病室に

おほふほどにはあらざりし川幅の教會へゆく
までのみちのり

かのひとのおそらくもふはきゝよゝせゝを在る記憶
のなかのお御《み》堂《だう》なりし

少しくふじいうになりしそのひとの杖をおも
ひぬはるをやる　杖

なにかしらの缺如おぎなふものの杖うつくし
きなりわれはおもひき

輕銀《あるみにうむ》てきの

斯くあるはこころ急くときじり〱とお湯沸
くまでを見守りてけり

噴きいづる水蒸氣なり藥罐のそこひ措かれて
あらむ蒸氣機關《じようききくわん》に

あはあはしきホログラムのやうゆつくりと透
過しにつゝ蒸氣機關車

沸いたのかしら薬罐の蓋ゆびに取り上げてみるは待ちきれなくて

つかひたての薬罐は持てりより〱によりくるなみのうねうねふぉるむ

サティ

おほかたは薄曇りなるこれの日の一瞬を陽は
弱く射しくる

サティなる呼び出し音は鳴りながら此の身を
離れてあるは急いで

〃もしもし、どうしたの。いま何處にゐるの。〃
古典的なる會話とおもふ

いまだ残れる雪を言ひぬ厚底のティンバーランドのシューズ履くひと

よく旅はするサティなるお風呂場のドア近くへも一日の裡

ゆり其の四　いうちよ銀行

ちよきんちよきんちよきん貯金と花鋏の音に
顯ちくるいうちよ銀行

あさがたは蕊をはらへる吾れがゆびの動きは
見にし此處ブジェジンカ

度毎にほつんほつんと鳴りながら離《か》るる蕊な
るはなのゆりより

二月

少しなるあかりのみ點けて部屋のなか

夕暗は滲みゆきつゝあたかも意志あるやうに
あかりは燈り

一つ目のあかりを燈し二つ目のあかりをともす夕は妖精

一つづゝあかり燈してゆきながら何時までともしつづけるのだらう

山のお家のやうにしませう。少しなるあかり
のみ點けて部屋のなか

夜は視にし〈おもひでのマーニー〉のなにと
なく見始めてそれは終ひまで

朝の食卓

さああっとあけはなちたる前窓のあけやらぬ
冬のあしたにしても

なにかいい香ひするとてペエパアの匂ひをかぐは朝なる小部屋

衣服着替へるは朝は起きしなのつねなることにしても物憂き

水道水出できたりしをカラン左にかるくゆるめて後なることの

冷氣のなか凝りてあるは油なるあさは見出でし白濁るもの

ものの落下まぬがれてをり空間を上下にへだ
てある食卓に

在らざれば食卓といふもののパン皿とバターナ
イフとふろあへ落ちる

雪印牛酪《バタア》うすうくひきながら朝方は雪降れる工場

壊れなくてよかつた奥歯をあるジルコニアの嚙んで嚙んでかみおかんで

窓拭きのひとの或は鏡拭きのひとともおもひ
くりすたるまにあ

乾きける白いタオルにぬぐふなりうすぐもり
する鏡《ミラア》の朝は

DropCookieでも食べながらやるせなく過ごしませうね三月間近

ヘリウム

つつましく攝る夕餉なる卓を在りしぶたばら
にくの薔薇のやうなる

ゆうらりと留まりをるにやゝありてたわーえ
れべえたあを昇るヘリウム

それはさう　としてくれいおそいおといとあるかべるい
との拘はりをおもひはかれるは面白き

まらうと

ご飯いま食べつゝある少年のかのラオスへの旅のはじまり
メコン川ゆるくながるる川添ひに米刈るものの少年はをり

〝あの子たちは歳をとらないんですね〟　あを
き草生を在りし少年

〝あんぐわいおいしいのよ〟と　びすきゅい
の。あんすらさいといろの皿の上

焼き菓子のかたへあへしらふはちさき迷迭香《まんねんろう》
のはなのむらさき

訪れしひとゝわたしとあゆみつゝあるは廊下
の　帰り際なる

此處を去るひとの見えなくなるまでを見送る
ものの若しかして吾れ

見覺えはありとおもへるひとの背の電車乗り
込むまでを見てゐき

見つゝあるとふもわれのほかなるものの視野
のなかにては見ずと同じき

ものの俤たつままにありぬるをひとへにおも
ひ叉おもはぬは

小抽き出しあけぬ

畫き了へてさあ切手貼りませうと小抽き出し
あけぬかたはらの

なにを急いでゐるのだらう記かれありてこれ
の葉書に取り急ぎと

過たずくばられてけり郵便物と郵便配達人の
たびのをはり

さやうならポストマンさやうならほかのひと
たちわたしはこれで

三月

の二三本

あすは雛《ひひな》のまつりとてマルシェにて買ひきたりける桃のはななり

今し方までは無かるを雛《ひな》の日のはなはまへに
してをるはひととき

203と209のそれぞれの部屋をかざれる
桃のはな　の二三本

いまにては人はをらざる２０９の彼の部屋を
豫てをりたるひとは

竟に行着ける處としての

朝はやくする清掃のピアス穴の異常にながい
トンネルのなか

御茶屋坂病院坂のいづかたより下り來たりて
も此の通りにいでる

無かりしにローファットなる食材の購ひにゆ
かむとするなりひとは

たかだかすうぱあまあけっとにしても竟に行
着ける處としての

レジ袋ふところにして下りゆくひとをおもふ
もいまごろなれば

ゆく道の〈しろがねや〉へと咲くはなの未だ
咲かざるは徑とまぎるる

下坂ゆ上り來たれるものはゐて203を午后
は押すなり

Pより

うゝるゝひゝなる春野菜ふわっといでてきてこのや
うにはるはPより出づる

ほかならぬうゝるゝひゝ泛きをれば此れのよのおす
ましのなかインスタントの

バスルウム

大きあり小さきありあまたなるかいげはみだる
れバスルウムのなか

バスルウムのなかは在りたりたまきはるわれ
はしわれを湯のなかしづめ

やや滲むやうなるものの輪郭の湯氣はしづか
にたちのぼりつゝ

しろたへの白いボトルゆ出できたるシャンプ
ー剤の眞珠いろはも

措かれあるシャンプーボトル〈白TSUBA
KI〉まがひものなる大理石のへ

シャンプーに總毛立ちつつうたかたの白なる
あぶく湧きいたるまで

＊

ワンプッシュ又はワンプッシュ×2にてする洗髪の

洗髪のさなかをさつと軽くなる一瞬のあるで
せう指どほり

シャンプー剤ふつくらと泡立てながら沫にく
るめるなにかの記憶

午前三時いまをながるる排水の泛き沈みつゝ
ひとのきおくも

小さかる送風機もて乾きをるわれの頭のなに
おもへるや

なかに空氣あまねくはひるやう耕せるわれが
濡れ髪の一本一本の

右寄りに左寄りにと迷ひをる道をし往くは髪
の頒け目

＊

なんとしてもだるい入浴の後なるを髪をあげ
ぬる花をさしぬる

バロン

２０１６年３月22日
脱走の縞馬バロン痲酔銃に撃たれて池に溺れ死にけり

溺れつゝ縞馬のぼんやりとしたせかいのなか
を昇るたましひ

投與

じんわりと今頃效いてきましたよあなたは投
與したる藥包

あなたがたのたれにしても見知らざる。わた
しが何をしたといふの

四月

薄膜

青林檎みづみづしきのフィルムのやうにはがれて氣化するは視ゆ

ナイフに剝きにつゝある此の林檎ゆ出できたるりんご更に新しき

ちからを盡くしては駄目

咲き過ぎともひきまなさきの馬酔木のはなの
ちからを盡くしては駄目

ふる雪とちれる馬酔木とまぎりあひなにか頒
からなくなりさう　てゆーか

稀稀にわれはおもひき歌聖なりしひとのむか
しのはるのゆふぐれ

未だ此処にながれてこないからふろあに白い
はなびらの馬酔木の

命乞ひなんてしないはなびらのされるがまま
の姿勢なるはや

たまかぎるはるの陽あはく射しながら食べ残
しあるてーぶるを拭く

はるのをがははさらさらながれ

若しかして漏水ありやしゅるしゅるとながる
る音の春耳のなか

水道局ゆ知らされて冬の閒の漏水のうたがひ
二三行の

檢針のひとのやう　兩膝をついて元栓守るひ
とは見え

釣り銭の500圓玉草叢に失くししひとのいまはくさむらのなか

切手のやうな／小さなる山のいへ／をある出來事

若草の山のやうなりかすみしく刻みきゃべつ
の春頃なれば

わうしよくの縦線あはきシマアヂのさかな屋
はひく黄いろのチョーク

ほどけつゝあるを今頃モーリタニアの凍れる
鯛はおもふわたつみ

しのびなくあまりゆるびても解凍のおさかな
のだらしないのは嫌

おさかなの検温すなはちマフィンの腋下をは
さむフライの温度

さぎり市にてあるといふ次の日曜日發表會の
オーボエひろふ

〃今何處にいらつしやいますか？〃　〃二階に、
理髪店〈えどもんど〉の二階に〃

〈亞麻色の髪の乙女〉は響りいでてあしひき
のやまのラヂオの朝

黴生ゆるに少しまへなる野澤菜のつけものと
見ゆいろ褪せてけり

ちひさなる湖への徑は鎖されていまありぬらし黒き鎖に

航《もや》ひありし此のボート朽ち懸けなるを漕ぎ出だししは眞晝醉人

此處ゆ身投げするもののなかりしとおもへて
ならぬ　ほどの明るさ

みづうみの中程をありて救命胴衣まとはぬも
のの此處より視えき

湖岸へと移らむとして跳ぶひとの随分と岸のてまへに落ちぬ

やたら楤の木は生ふる庭となり果てて水邊すれ〱にいまも在る家

かの家の築ち懸けなるもよそごとの打ちつぱなしのConcreteの

鳴る風に直ぐにはんおうのくろがねの鐵筋音頭。赤サビまとひ

この邊りふゆの焚き火の痕跡は黑くのこりて
あるは家主の

シティへと此の家のひとはもう疾うにそれと
もともふはあはくかなしき

買ひ措いておけばよかつた〈ドクターヘッセ
ルポイズンリムーバー〉蚋さされして

えぷそんのぷりんたあとほりぬけにつゝはる
なるはてふてふはあでやか

耳かたぶけてなにも聞こえぬ音盤のさよなか
の頃を呼び出だされて

チューニング纖細にするおよびなる日曜日な
るけふにあはせて

あかねさす日曜日なれば起き抜けのいまは素直にのむ水道水

なつかしきのやう霧はたつ夜のこと戻る日のいちにちまへの

みづうみの畔つねとどまれる●●●●氏の此
のたびはをらずてなぜか

パラソルいひらきてあればたれかゐるやうな
あの家にそんな錯覺も

とほものみいまするもののうみのべをながく
すまへる末のあさしん

白薊むれさく徑をゆくひとのいまゆつくりと
遠退きてあり

あるかなきかのひとかげの竟に失すまでを見
まもりてけるひとある

五月

小さなてーぶる据ゑて

此の席につくといふも假りなるを　あの席で
もかの席でもよかつた

思ひやうによつては非正規とふことの異様な
美しさ見いだすは

ちひさなるテーブルを措く〝今だけ、今だけ
ね〟と云ひながらフロアに

（此の邊りがいいともふけど）小さなてー
ぶる据ゑていただきませう

ヘブンまで

〃そんなの　いらない〃とをんなの子云へり
公園のうすやみのなか

ゐたともゐないともさだかならざる存りやう
のをんなの子　つて

そのまま行つていいからヘブンまで乗り換へ
ずに行つていいから

くららんす

乗る馬のその鼻尖をゆくかたへ向けて旅立つ
らんすろっとは

はしたての〈くらゝ化粧品本舗〉より僞メー
ルありなりすましの

あがなふは未だなかるを〈くらゝ化粧品〉奈《な》
良《ら》多《た》武《ふの》峰《みね》倉《くら》椅《はし》近く

おそらく此の邊りにも遍在をしてをりたる
はこすめ販賣員

コックピットのなかありて竟に謬りし機長く
ららんす　なるは宿世の

まれえしあ航空機燃え、燃えさかるかのエン
ジンに吸はるるトリの

行つたきりのまだむぶろんに接触のてだては
なきにひるがへる身　は

つぎの信號超えてほらあそこ。あかりが點い
た處がさう、みぎがはの

ろしあんるうれっとのやうはつなつのくさむ
す原のなかは這ひつゝ

空砲なんかぢやあなくてあれは實彈だつたの
よと云へり眞顔に

ちから盡くしてちからうしなひぬ苦参《くらら》の葉裏
奇麗にあらひながら

ややもすれば西にかたぶく鐵塔の意志あるやうに地軸はうごく

こむづかしい名は忘れしを措きゐたるしあはせの樹の葉はゆるるなり

ながく不明なるぼむぶおしとろん今頃は〈八百千〉の棚に措かれありしと

たまづさのボムブオシトロン季節のおくりもののあなたにあなたに

呼び出し音に急ぎいでるも切られにき最中を
あるはあさはゆあみ　の

けものの前足のやう皿を措くアスパラガスの
爪ある穂先

＊

小舟自在にあやつりにけるひと杳く視につゝ
ありぬ霧らひたりける

古代米竈に炊きてまらぅとによそふ炊きたて
ご飯、淡紫の

放ちつゝでぃあまんのひかり50ミリオンポン
ドなるされからべ　の

まよへるはアリア・アリシアまよはぬはアリ
ア・アリアナびはこのほとり

〝奇麗ね〟といふアリシアのひだりての指に
嵌めをるびはこぱあるは

（なんとしよう劫《ごふ》盗《たう》は來てぱあるあ屋にひとは
逃げおほせるのだらうか）

ぱちんぱちんさても南京たますだれ斯かる日
除けのツピダンサスは

ミルキーウエーおぼろに視えて夕餉なるソー
メンのしろいながれのかなた

ひかりつゝ夏至の夜をゆくそゆうずの薬剤の
やうな銀のかぷせる

懸かりきてこんな時間にでんわの　兩腕に洗濯もののまつはれる

きれいなおてんきおねいさんの天氣豫報過ぎてほどなく此のよをはなる

六月

洪水と斷水と

2016年6月／セーヌ川氾濫の危機

なにもおもはずて過ぐしし斷水の　パリは洪水になやみてをるか

午后一時半よりけふは斷水の捻ればば出でき一滴の水

カスタマーレビュー

カスタマーレビュー1　値段のわりに作りもしっかりしてるしハロウイン楽しみ
カスタマーレビュー2　なぜか新品なのに魚臭い

ふわっとほど佳きにふくらめるパニエ*購ふは
われ試着はせずて

*あんだあすかあと

すなはちはあなだらけのむなしきのあはれ三《スリー》
碼《ヤード》の多孔なるもの

届きたるレエスパニエのおさかなのにほひす
るてふひとなるこゑも

あゝこれはおさかなのにほひといふよりもミシン工場の匂ひ廣東の

新婚天骨裙襷製と書かれありしいかにも粗い肌理なるタグに

見學のひと多くある廣東のペチコート工場と
チョコレート工場と

信號の青待つひとは視えながら終點までのバ
スとゆきかふ

たちあふひ嘗て咲きたる家過ぎぬいまはたち
あふひほころぶるなき

なづきをある色工場の工場長の云ひぐさを刈
る六月のころ

ゆり其の五　しのぎつゝありぬるは
傷むのがはやい209の部屋のなかあるしら
ゆりのきのふけふ

冽たかるみづ待ち侘びていまあるは209の
ぼ、す、に、あのかき

あとさきの竟におもはずにその場その場をし
のぎつゝありぬるは

七月

ながい名前

見上げれば船内を立ちはたらけるひと見えて
をりそゆうずの　ふね

美しきとらんすぱらん飛行士はをさまりてけるカプセルのなか

はかなかる羊《やう》はとらへて放つなり砲金いろに

ひかるあーむは

羊なりしもののかなしみの凍原のあたりめがけて墜ちにけらしも

あのそらゆのがれきたりし羊なるとterraあるものを労るわれは

いまごろをおそらのふねにあるものの青色吐
息そゆうずのいめ

ところで、ながい名前のクドリャフカ＝アナ
トリエヴナ＝ストルガツカヤつて

はつとうち拂ふ

〈ぱれす・ちな〉と此處をおもへばはつかな
る覺醒ありてはつとうち拂ふ

たぶんしぬでせうあなたがた給油所が潰され
たなら　きつとしぬでせう

しらたまのながい首飾りするひとのあはれし
らたまに締められながら

おもひたがへしと後はおもふにかの時は唯を
ののけるぱうだあるうむ

みづいろのぽんぽん髪にかざりをるせうぢよ
は過ぎきわたしのまへを

何れにせよきまつて吾れはしりぞきぬ吾れが
まへをひとすぐるとき

ひととひととのあはひ輕々と移れるは　ほら、
いまも、みづいろワンピース

青の空車《くうしや》

ぢきに來し青の空車のさつきなる時間を超え
ていまへとわたり

青の空車そのありやうの空間を切り繪のやう
にふかく抉れる

氣道

かのトリとおなじき量《かさ》とおもひにきあるとき
はてふてふの夏ある重み

夥しき數とおもへる墜死することりのかずの
目に見えずなり

氣道といふ道は往くなりふううっと息より息
ヘリレーしながら

どんぶりのなか

ここにもあゝあそこにも、なかの一匹掬ひあげて愛玩とする

この器の差しわたし二キロとしたら泛かみをりけるものの大きさ

斷片化

切り身なるおさかな措かれある皿のうへ斷片
化されにしのちの

これを肉片ともへばウッともどしつゝしづめ
るうみの酢醬油のなか

八月

シーツ

息をしてをるか否かは問はれずにねむれるひ
ととおもふばかりの

シーツそれの白きのほかは見えざりし視野の
なかあるひとなるわれは

晩夏

先んじてささやかなる秋のけはひ此れの場に
まねきいれにし夏は

ゆつくりと水搔くひとのプールのなか眞夏に
しても秋はきにつゝ

一瞬に降り止む雨の世田谷區ラインパウダー
に白線引かれ

ずぶぬれの大雨粒の　くしろつくてのひらの
へをころがりてける

二年の隔て

うつくしく夜のライトは點くだらう星ふるみちをゆけるぷりうす

あうろら荘へゆくにしても後を二年の隔てあ
るはおもひをりにき

磁力線ゑがけるやうにま白かるダンドリオン
の綿毛はながれ

袖とほしける

〃ふるの、それともふらないの〃もどかしく
焦れをりたるは宙を見上げて

いづれにしても八月の末頃はまかされてあり
名はなきものに

水の邊をすずろあるけるひと在ると獨りごち
つゝ袖とほしける

お麩

のこるもの一つとてなきに吸ひものの泛き實
なるもののお麩なるさへや

ほわいとほーるのやう車麩の渦巻きのなか奥
へ奥へとはなれてしまひ

横殴りのあめふるなかをよろこぶはメディア
のもつと降れイラン、イラン高原

Yacht

手近をある夏扇ぱつといひらきてあふげばそ
よと吹くなる風は

ながくはあふげない疲れて扇あふぐのも二三
分の眞夏の午后は

あゆはしるなつのあふぎに描かれあるは二十
九隻のちひさきヨット

ときを得ておのがさまざま出航のヨットなる
かや舫《もあひ》をときて

あふげればさざなみたちて扇のなか2センチがほ
どのヨットは航けり

取り立てでのことでもないけれど社名は讀め
る扇のおもて

輕々と

ありがたうと〈いろはす桃〉を差しあげる輕々
と荷物持ちこしひとに

さにつらふ〈いろはす桃〉のあぢはひは〈桃
の天然水〉ライクなそれと

のちをありて

ことほどさやうに何もなかりしと全ての鍵の空けられてけり
いまも寺院の地下に埋もるると名も知れぬわかきシスタアの
詐欺師跋扈する祭壇のそのめぐりあはれ寺院は曝されてあり
先づはまありあの其處を去らむとするはひつぜんの先驅けて
逸早くおはなをここにそなへるは一つ目にする朝のおこなひ
行方知れずにて豫てありしシダの群れ生ふるところ水ぎはの

2016年8月24日

地震《なゐ》ありし。朝のにゅーすはながしつゝちさき町てふ〈あまとりいちぇ〉に

やや干涸びたマフィンにする朝食の　てれゞぃに映るなゐを見ながら

いまをくるしむひとはしもすでに潰えたりし
のちのことの一切の

あまぽおら涌きいづるやうに咲きながらあは
れ哀しみのあまとりいちぇに

淡く纖く顫ちゆらげるは何なるかあまぽおら
のはなのめぐり

丈高く積まれつゝあり。花束は下のはうより
ややに崩るる

吹かれつゝ

殊更とふこともなきに輕トラに搬ばれてこし

ものの　濃綠

八月よりまへなるものと其れよりは後なるものと頒けへだてして

倒れないやうに縛れるドラセナの　てらすを照らしひかる弦月

ツピダンサスも縛らなくちやあ颱風をいまか
と待てるものある夜は

風雨好くひとの稀にゐ。吾れのちちなりし立
ちをる風雨のまなか

暗視カメラ

ほんのひとつかみの髪まとめむと措かれある
髪留めなりし直ぐなる處

百均のふらわあとぐるうがんに爲るそれのはうがよほどましな
ゆりとあまりりすと他にもあるのかな鼈甲い
ろのらんすくりっぷ

りりすと髪と器用なる手付きに編み込むはゆ
びにてひとの、すでにまぼろし

無駄なちからのなんのりいうにもならないそ
らをゆけるゴンドラ

ゴンドラのなかを在りけるゴルゴンのそらか
きまはす手先ともふも

九月

天使は翔べる夏懸け蒲團

ごく輕めの夏の蒲團に懸けなほすは午前二時
の頃とおもへる

なめらかにはつながらずて睡眠と覺醒のあはひ。しらみはじめても

夏懸けにくるめる軀　明け方を涼しい風は吹きとほりつゝ

寝返りをうつたびごとにやはらかく肌に馴染める夏懸け自在

めぐすり臭いのはとても嫌あはみどりのなかとびまはるふとんえいんじぇる

あまたたび天使ひきつれ明け方のあさいねむりのなかをさまよふ

そろそろ濯ひどきと夏蒲團の懸けカヴァー外しつゝあさは汗ばみゐたり

四通する四隅は鎖し閉ぢ込める天使なるかや
あをのリボンに

いみじくも飽きてきたりし吾れともふにこれ
とても然なるなりゆきと

ツピダンサス・カリプトラタスは埋めるみどり

〝ねっ、これくらゐいいでせう〟と灌げるは

かの畔なるツピダンサスの

つい肘はふれて硝子のゴブレトにそこら散りぼふガラスの破片

あかあかと照るくれなゐはにじみつゝ止血するほどもなきと舐めとる

飼ひ犬と街道の間をツピダンサス・カリプト
ラタスは埋めるみどり

〃よゝあひむゝはお肌が奇麗〃云ひながら撫でま
はすなり犬の毛竝みを

斜めかたぶける

もののみな消耗しつゝありちやうどいまごろ
なるは晩夏日盛り

〈ヤツレン〉のシュッポッポ牛乳ひらかむと
しつゝおよびにさがす注《つ》ぎ口

水溶きのすこしゆるめの片栗粉流し込みつつ
まはるレエドル

狭まりて

日のあはひ狭まりてありとおもへるに林道に
立つ家屋いくつかの

ぴあの曲・X

ふぁ《笑》るす《劇》のやう〈ぴあの曲・X〉のこよひ彈
かれつつあり月あかりして

ろここなる森の邃きにふらここをぎい〱と
漕ぐをんなは視にし

ゆりもどるぶらんこの如るふらんに就いて書
かれしものの少しある

香りとでおどらんとの〈そふらん*〉のふろーらるあろまそーぷのかをり

*洗濯用柔軟剤の商品名

クロッカスつてはなさふらんのことなのね。

〈クロッカス〉と告る船醫のをとこ

葛の葉のうらぢーみるが彈くぴあの畫面ぼん
やりと見につゝありし

フェンスとフェザー

はなたれてこその〈ハラ〉なるつゆしもの秋
のフェンスのキイ解かれて

フェンスのなか易きにひとは入らざるを折々
生ふはなにかあらくさ

あまとぶや羽毛《フェザー》のやうにかるがると秋は入り
つゝフェンスそのなか

深々と

せんしんのふろあを濡らすばれりいなの晩夏
全身ゆしたたれる汗

深々と爲るれゞぇらんすバレエ少女さいなみ
ながら九月の膝は

一〇月

iii なさにえる

見つゝありて此處ゆ金木犀のはなのほどなき
に消えむとすなり

水は噴きいでしといふがえうろぱの金木犀繁るさてらいとなる

サテライトストゥーヂオなればエウロパはみづの手配はすなり日々

水道の蛇口締めては緩めてはエウロパはする
秋の手合ひに

掌《て》のなかをえうろぱ今は締めてあり。ほどな
きに放つえうろぱなれど

包含の國々もそも一切は手にて懸かれるえう
ろぱそれの

水漬けるほしある水の發見といふはなさによ
る　in なさにえる

露霜の秋を零《ふ》るなるつゆしものあきのえうろ
ぱの一雫とも

此處にゐさへすればいいと　の一瞬はあり金
木犀それなるかたへ

あいす（ice）らえる

〝あてにならないわねえ〟と口々に云ふは最
寄りのひとらあけがたの

白きものの乾くは日和にておもへるはふりが
ちなるあめのこと

きのふとけさをつなげる濕り氣のふかさにお
もふよるのあはひ

黄いろなる蝶のちさきの吾れの目のなかを過
ぎつゝ縁をし出でる

どうやらひみつがらみのものらしい〈がみら
石鹸*〉遣ひつけ　の

*Israel（いすらえる）の洗顔石鹸

は誤爆とおもひあたれる灰いろにむごく枯れ
果てて阿利襪《オリーブ》の木々

ナイロンの泡立てネットにたつあはの（ice）
らえるの白の浴室

こんなにもちひさくなりし石鹼の擲げ捨てけるはわれは終ひに

石鹼それの味見、おもふのみに否應無しにこみあぐる吐き氣

後のことはいい寧ろ其の名のもとなにも在ら
ざるSoapのやうに

東京生まれ
國立音樂大學付屬音樂高校ピアノ科
國立音樂大學ピアノ科卒業

歌集あのにむ	砂子屋書房
歌集さらしなふみ	〃
歌集エーテル	〃
歌集あんなろいど	〃
歌集ぴくにっく	〃
歌集 EXIT	〃
川﨑あんな作品集	美術出版社

EXIT　川﨑あんな歌集

二〇一七年七月一八日初版發行

著　者　川﨑あんな

發行者　田村雅之

發行所　砂子屋書房
東京都千代田區内神田三―四―七（〒一〇一―〇〇四七）
電話　〇三―三二五六―四七〇八　振替　〇〇一三〇―二―九七六三一
URL　http://www.sunagoya.com

組　版　はあどわあく

印　刷　長野印刷商工株式會社

製　本　澁谷文泉閣